KB112604

강물이
흐르네

강물이 흐르네

발행일	2016년 8월 5일		
글쓴이	김 영 환		
펴낸이	손 형 국		
펴낸곳	(주)북랩		
편집인	선일영	편집	김향인, 권유선, 김예지, 김송이
디자인	이현수, 신혜림, 윤미리내	제작	박기성, 황동현, 구성우
마케팅	김회란, 박진관, 오선아		
출판등록	2004. 12. 1(제2012-000051호)		
주소	서울시 금천구 가산디지털 1로 168, 우림라이온스밸리 B동 B113, 114호		
홈페이지	www.book.co.kr		
전화번호	(02)2026-5777	팩스	(02)2026-5747

ISBN 979-11-5987-161-0 03810(종이책) 979-11-5987-162-7 05810(전자책)

잘못된 책은 구입한 곳에서 교환해드립니다.

이 책은 저작권법에 따라 보호받는 저작물이므로 무단 전재와 복제를 금합니다.

이 도서의 국립중앙도서관 출판예정도서목록(CIP)은
서지정보유통지원시스템 홈페이지(http://seoji.nl.go.kr)와
국가자료공동목록시스템(http://www.nl.go.kr/kolisnet)에서 이용하실 수 있습니다.
(CIP제어번호 : CIP2016018624)

성공한 사람들은 예외없이 기개가 남다르다고 합니다.
어려움에도 꺾이지 않았던 당신의 의기를 책에 담아보지 않으시렵니까?
책으로 펴내고 싶은 원고를 메일(book@book.co.kr)로 보내주세요.
성공출판의 파트너 북랩이 함께하겠습니다.

강물이 흐르네

김영환 시집

북랩 book Lab

• 작가의 말 •

차를 타고 다리를 건너면서
둔치를 거닐면서 강을 봅니다
더 정확하게는 양 안(岸) 사이에서 흐르는 강물을 쳐다봅
니다

어릴 적 멱감고 물고기 잡던
투명하고 재빨리 내달리는
여울이나 개천보다는 게으른 듯
먹먹한 넓은 강이 푸근하게 다가옵니다

시퍼렇게 멍든 강
수심만 깊어진 강
천천히 떠밀려 가는 강

속 깊은 강

넉넉하니 너른 강

찬찬히 들여다 보며 흐르는 강

강물이 흐르네

• 차례 •

강물이 흐르네

시답지 않은

시간의 틈새를 비집고
시를 빚는다

오가며 모아 온 일상의
낱알들을 키질하여
섞여든 가벼운 존재일랑
허공으로 날려 보낸다

끝내 머문
잘 여문 낱알들,
겨우 공이질 끝에
고운 분으로 체를 내린다

한참을 치댄 반죽
뚝 떼어 공손한 두 손으로

궁글리고 모양잡아
마친내 쪄낸다

시답지 않은 맛이다

모를 일이다

곧게 뻗어 길게 이어진
철길 자갈 둔덕 위로
엉겅퀴 닮은 고들빼기 우뚝하다

모난 자갈돌들 헤집고
뿌리는 제대로 내렸을까
짓누르는 빼곡한 돌 틈 사이를
어찌 헤쳐 나왔을까

아니, 저 돌무덤이 저만치
키워냈을지도 모를 일이다

휘리릭 기차가 지난다

망했다

나무들 어울려 짙은 숲을 이루고
다닥다닥 간판들 거리를 메운다
저마다 깍아지른 벽을 부여잡고
용을 쓰고 있다

색동옷 곱게 차려 입고
지나는 이들의 뭇시선에 잠시
흥겨워 하던 갓난쟁이 간판이
멀쩡한 대낮에 낙상 급사했다

길건너 나지막이 올라붙어
이젠 벽이 되어버린 빛바랜
늙은 간판이 별스럽지 않은
일상인듯 무심코 바라보고 있다

시곗바늘(1)

동그란 담장 안
한 말뚝에 매인 야생들이여
뒤엉켜 서로를 짓밟았을 테지

높지도 않은 저 담장
쉬이 넘을 줄 알았었는데
요동치면 뽑힐 줄 알았건만

아물 새 없었던 숫한 피멍 끝에
길들여진 저마다의 각속도로
그저 맴돌고 있을 뿐이다

연근

연근은 툭하고 뿌러지는 연한 뿌리이다
진흙을 모질게 밀어붙인 거친 몽둥이다
진흙의 찰기는 몽둥이로 다져진 멍이다

연근의 흰 속살은 검은 진흙의 살갗이다
연근의 풍만은 진흙의 비좁은 곡성이다
미어터진 곡성 속에 비어터진 풍만이다

모름지기 연근은 진흙이다
진흙의 다른 모습이 연근이다

반팔
와이셔츠

여름 한 철 짙은 햇살 아래서
잘 익은 팔뚝들이 흰 소매
밑동에 매달려 있다

어느새 서늘한 바람 불어와
나뭇잎들은 뿌리로 내려 앉고
몽당 소매는 촘촘한 실 뿌리를
길게 내려 여름 팔뚝을 감싸 안는다

팔뚝을 빼앗긴 채 간신히 드러난
손가락들이 꼬물대고 있다

봄과 함께

나만큼
저들도 반가운가 보다

여린 잎새
마른 껍질 비집고 나오느라 지쳤으리라

언 땅 마른 물
가지 끝 봉오리까지
끌어올리느라 숨도 웬간히 차올랐을게다

그런데도
지친 숨 감쪽같이 감추고선
환한 웃음꽃으로 반기고 있으니 말이다

설악
십이선녀탕

입 다무슈
남의 속도 모르고

숱한 세월 까이고 패여
너덜해진 내 몸뚱아리가
그대에겐 감탄할 장관인겨?

단 한명의 선녀도
달빛에 비친 그네의 복숭
궁둥이도 당최 본 적이 없거늘

야속한 당신
남의 속도 모르는

영동 가을길

키넘이 담벼락 너머로
휘이 늘어진 가지 끝에 손주놈
부랄인 양 붉은 감 두알 탐스럽다

시선이 발길을 이끌고
이윽고 손길이 앞장서서
눈 앞에 탐욕을 갖다 댄다

순간,
담장 안 장대든 인기척에
화들짝 놀라 얼어붙은
길손에게

'옛소!'하며
올핸 감 풍년이라며

불쑥 내민 팔뚝 끝에 발그레한

풍년 인심 두알을 실려 건넨다

하구언

이제사 다 왔다
염장의 종착이다
긴 여정 끝 황톳빛 시름
갯벌 속으로 사위어 간다

퐁퐁 솟아올라
산 이슬과 동무했었지
계곡 너른 바위
무등 타고 미끄러졌다
논과 밭 사이 여울에서
버들치랑 멱도 감았다

그리고
떠밀려 떠밀려
이곳까지 흘러왔네

저작

제대로 씹지도 않고 삼켰다
속쓰림에 몸져 눕기도 했다

제대로 씹지도 않고 뱉었다
누군가 몸져 누웠을 게다

본토박이 성한 돌들 드물고
굴러온 돌들 빼곡한 이제사
자근자근 씹어 삼키고
곰곰 곱씹어 뱉어내네

너나
죽어라

'짜증'

보기만 하여도 거슬리고

듣는 것만으로도 치밀어 오르거든

아마 그 이름 붙여 주기 전부터

아님 그래서 그 이름이던지

암튼 짜증나

전철 안 젊은 애들 통화 중에

연인들의 스치는 밀어 속에

인터넷 세상 댓글에서도

단골이 되얏드만

짜증아! 이 자식아

어만 사람 잡지 말고

너나 죽어라

제발 말이다

시곗바늘(2)

삐쩍말라 길어만 뵈는 저 이
재깍재깍 총총걸음으로 바쁘게
열두 대문을 거치느라 얼추
초주검이네여

되돌아와 숨고를 새도 없이
훤칠한 몸매에 매서운 눈매의
저 분 기세에 서둘러 문고릴 당기네

두드려도 두드려도
열리지 않는 대문을
두드리고 또 두드린다

한 말뚝에 매였건만

거리에서

2.5

3.0

3.2

3.5

4.0

저건 뭐지?

학점인가

아하!

커피금이구먼

언제부터 미화로 받았지?

벤치의 휴식

그 벤치는 수리산 들머리
된오름 끝자락에 누운 듯 앉아 있다

뒤 둘러선 때죽나무는 순백의 환한
꽃무더기로 짙은 그늘을 드리우고 있다

초여름 햇살의 오월
사월 초파일
산우의 성불사 오르는 숨소리
거칠게 지나쳐 간다

내림길에 보았다
졸고 있는 벤치 등허리에
꽃들 너댓이 내려앉아 나지막이
소근대고 있다

쪽빛 하늘

가당찮은 말씀이요
'쪽빛 하늘'이라니

품에 안긴 뜨거운 햇살과
흘러내린 땀방울로 자라나
대궁이 마디마디 하늘빛 배였지요

누가 누굴 닮았단 말이요
겨우 이름을 얻어 걸친 들풀이오만
저, 쪽팔리게 하진 마시요

체중계

화장실 앞 체중계에
올라서서 내려보니
칠십하고도 오킬로그램

그중 체중계 발판을
내리 누르고 있는 근심의
분량은 얼마만큼일까

새벽 성찬

그대

새벽을 달려 보았는가

밤새워 기다린 숲길을 뚫고

이슬 머금은 잎새 젖혀 보았는가

그대

새벽 바다를 달려 보았는가

물안개 가득한 바다를

양편으로 갈라 보았는가

밤새워 마련한 세상의

새벽 성찬을 드셔 보았는가

기준

아침 햇살 비추기 전

움트고 물오르기 전

생기고 나기 전

시작인 바닥

결국 되돌아오는

첫눈

어줍잖은 계절
겨울 길목의 초입에
어설프게 첫눈이 내린다

첫눈은
날리면서 녹고
닿으면서 녹고
쌓이면서 녹는다

해마다
첫눈이 내릴 땐
어줍잖은 시절에
어설프게 갈무리되었던
첫눈이 소복하게 피어 오른다

겨울 관악

검 벌거지

흰 강아지

보드랍은 털숲을

헤집듯

겨울 관악의

은빛 캐시미어는

따숩더라

깨달음

불은

뜨겁게 타올라

희멀건 재로 남는다

물은

낮은 곳을 흘러

넓은 곳에 닿는다

쉰내나는

쉰넘어 이제사

물불은 가리려나

이런
젠장

서양 노자
스피노자가
사과 나무를 심겠다고 했다지
그 말뜻을 티브이 앞 거실에서
오늘에서야 깨달았다

농고를 나와 산비탈에
붉은 사과밭을 일군 청송골
애비 어깨결의 그 아들놈과
딸 아이가 입을 한데 모아 세상에서
울 아빠를 젤로 존경한다고 말하네

여태 닫혀 있던
제 방문을 나서며
씨제이 '계절밥상'알바

다녀오겠다며 아들놈이

휘리릭 현관문을 빠져나간다

무궁화호

시골집 벽장 속
두툼한 앨범인양

너르고 느려진
객차에 올라 버얼건
세무천에 등을 기대면

투둑투둑
때론 몽글몽글
벽장속 깊숙한 추억들이
인화되어 차창을 스치운다

출근길

해 바뀌었다고
별스런 것이 있으랴만은
한번 더 매무새를 살피고 나선다
약간은 촘촘한 행열 속에 살짝
발디뎌 끼워 넣는다
언 손등 너머로 더디게 솟은 해
어느새 능선과 간극을 넓히듯
빼곡한 아침의 행열은 반질한
들기름병 주둥이를 타고 넘는다
다를 거 없는 아침에
막 다다른 문 앞에서 다시
매무새를 살핀다

교대역
자정무렵

버거운 하루가 등짐을
내려놓는 자정 무렵

교대 정문 맞은편 길 위에서
흩날리는 눈보라 속으로
손 내밀어 휘젓는다

바람과 함께
바람을 일으키며
바람 속을 스쳐지날 뿐

길 위에서
오늘이 내일로 교대되고
삶은 죽음으로 교대된다

요양병원

교차로 차창 넘어

시선이 정차하는

길가에

구겨진 훈민정음 자루

가냘픈 휠체어 위에 얹혀있다

반 백 이후

지긋한 눈길을 줄 일이다
지나치는 눈인사에 미소를 머금은
침묵으로 화답할 뿐이다

다가가 자세히 볼 것만도 아니다
때로는 저만치서 배경 속에 박힌
오브제를 바라볼 일이다

미지근함이 미련함이 아니듯
뭉근함이 속터질 일도 아니리라

저 강물처럼 소리 없이
큰 무리로 흐를 일이다

눈
나쁜 눈

안타까운 중력으로
하강의 행로에 파도가 인다

이제사 잿빛 여행의
종착에 임박한 함박눈 송이
지상의 안식처를 둘러보네

나먼저 나려와 터잡은
옹골찬 싸락눈 아재가 반가워
힘겨웠던 여정을 포개어 뉘운다

아뿔싸
염화칼슘일 줄이야

정투상법

또각 또각
앞서 걷고 있다
떠받쳐진 까치발 위로
거침없는 수직의 연장이다

저 배면의 건너편이 궁금하다
발걸음 재촉하여 지나친다
스캐닝해 본다
울 안이다

눈은 점점 흐릿해지는데
뵈지 않던 것이 다가온다

내 뒷 모습이 궁금하다

삼투압

오르지 못할,

긴 긴
내리막길
강물이 되었다

열길 물 속

산 바닥 솟아 나와
계곡을 내리칠 땐 투명했었다
잎새 사이로 내리치던 햇살보다도

바위를 미끄러지면서
급물쌀로 뒤집히면서
시나브로 멍들었을 게다

뒤엉켜 무심한듯 동행하면서
껴안은 양 팔뚝 힘줄 불거져
수심 만큼의 멍울을 새겨 넣었다
서슬 퍼런 저 강물은

눈이불

오호라!

밤 사이 눈이 내렸네

삶아 넌 무명 홑청인 양

하이얀 눈이불 위를

어매 말 어긋지게 어긋지게도

어마 무시한 구둣발로

꾸욱 꾸욱 밟아 가며

나서는 이른 아침

발 밑 솜이불이

폭신합니다

녹차밭

한가득 움켜쥔
거친 손아귀

갓 피어난
어리고 여린 잎새여

새끼줄

풀어헤친 머리채 한 움큼
우악스런 손가락 빗질 끝에
곁잎 겉껍 떨쳐 내고
삼단이 반질하다

간절한 합장 속에
함초롬한 나신 한 쌍
포개어 몸을 뉘운다

내 안에 너만이
너 안에 나만이 있어라
환희의 고통 속에 제 몸 비틀어
저 몸 속으로 파고 든다

꼬였다

덕유산

한 때의 原始人

멀리,

始原의 雪山을 오르고 있다

넌
이제

연을 대자면
견지 낚시와 견줄 수 있으려나

생김새나 치수가 견지를 견지하고
꼼지락 득실대는 미끼도 그러하고
밑감 꿰어 물살에 태워 흘리듯
자모 꿰어 파동에 실려 보내죠

뒤틀린 견지마냥 조과가 조회수로
비틀리고, 때론 조사가 대상어로
변하여 제 미끼를 물기도 하죠

이제 그만 던져야겠네

키질
체질

너른 마당 한 켠에서 한창 키질이다

함께 솟구쳐 올랐다간 제풀에 일어난
바람으로 까부라진 가벼운 존재와
더 이상의 공존은 단절이다

돌방테두리 망 바닥을 어지러이 휩쓸리다
좁다란 해방구 지나 고운 분으로 내린다

체질 끝에 덩그러니 남은
미탈락의 탈락이여

콩나물 국밥

과연 나물인가

비운의 위안일 테지

맞댄 대갈통 사방으로

박아 대며 인내한 어둠의 자식들

아득하기만한 대지의 포근함

별의 따사로움이여

비닐 비니 덮어쓴 대갈통

기어코 두 쪽으로 갈라지고

창백한 육신은

외마디 비명으로 남아

쓰리고 쓰린 암흑이었어라

다시 쓰린 속으로

봄은

산길,

무른 발밑으로 온다

질척이며 조심스레 온다

검버섯 얼음 구멍에서 온다

숨통트여 내닫는 물길로 온다

달아오른 이마를 비집고 나온다

부풀어 오른 배낭에 매달려 온다

황사예보로 온다

커피와
숙녀

2.5

3.0

4.0

4.5

학점 아닌,

바쁜 발길 속 지나치는 눈길에

맺힌 커피점 가격표

아하

사천오백 원 담배값이

헐한 거구나

건물 앞 마른 분수대에 꼬고 앉아

두툼한 복대 두른 종이잔 내밀고선

하늘 향해 구름을 띄우고 있는

저 녀

순간만은

브르주아다

래디
고

기왓장 첩첩이 인 안채 곁
전진 배치된 장독대 한가운데서
곱게 분한 안주인 할/아주 머니
금빛 안경 너머로 지긋허니
내뱉으신다
"나는 아무 것도 할 줄 몰렀어
세월이 날 가르쳤소"

요즘 세월은 뭐 하누?

원룸

이보다

적을 수 없을

겨우 잠들 수 있을

세상의 가장 적은 집에

청춘의 친구가 입주했다

친구들 모여 집 들이를 했다

종이에 채운 밥과

종이에 따른 술을 넘기며

허기의 포만으로 지새웠다

새벽녘 샛강가

양 편에 서이씩 붙어 서서

어제 저녁에 입주한 친구의

집 들이를 했다

다년생 식물

죽었다간

살아나는 또 하나,

길 건너 요양병원 앞 화단

행여 싶어 멈추고 들여다 보니

눈 마른 마른 잎들 사이에서

초음파 사진 속 아가손 같은

회생의 깃발을 내밀고 있다

한 며칠 따순 봄볕 비치면

마른 뜰 푸르게 덮고

쑥쑥 자라 오르겠지

해마다 그랬듯이

강

지나며 어깨를 툭친다
가득하니 눈웃음이다
함께 가잔다
같이 흘러 가잔다

얼음장 떠나 보낸 길
앞지르지 않고
뒤쳐지지도 말고
멈춘듯 흘러가자 하네

금정역에서

갓 오른 봄햇살,

내리 꽂힌 반질한

레일 위에서 눈부시다

눈 달린 발에 이끌려 계단 아래

1, 4호선을 공유하는 플랫폼으로 향한다

건너편 전동차 먼저 다다른다

탈 뻔했다

탈선하고 싶어졌다

아슴한 그 언제처럼

나무

관세음

지겹지는 않을까
무진 답답하겠지

아니라오
움틔운 이 자리에
이제껏 서 있소만
염려와는 다르다오

땡볕과 폭풍한설을
제자리에서 꼼짝없이
온 몸으로 받고 있소만
견딜 만하다오

초여름에 드리운 꽃그늘 아래로
잦아들어 어깨를 기댄 채

소근대는 연인들을 곁눈질하며
그들의 밀어를 엿듣는
나름의 재미도 있다오

면역

똑똑,
노크소리에 내다보니
뒤돌아선 봄감기 멀어져 간다

뜯어낸 일력만큼이나
드센 객들 다녀갔을 게다
어르고 달래서
때론 조용히 때려 눕혀
소리 소문 없이 내쫓았을 게다
드러나지 않는 묵묵한 힘

새벽에 일어나
멀리 떨어져 사는
자식 무탈의 원이 원군이
되었을지 모른다

옐로우 스프링

찢고 나온 개나리꽃
떼로 걸터 앉은
담벼락 아래

또록또록
햇병아리 대여섯
흙마당 가득하니
반쪽별 수놓고 있다

껍질들 아니 뵈네

진달래 해부학

민둥 빈둥 산비탈
듬성 듬성 꽃무덤

게으른 앉은뱅이
화들짝 환한 미소

삐뚤 빼뚤 아랫녘
미끈 매끈 잔가지

희번뜩 거친 살결
솜털 보송 성화봉

핏물 뚝뚝 꽃봉오리
물속 우족 꽃잎파리

바랜 사진 속 그녀

감사

벼는 익어서
고단한 농부에게
고개를 숙이고

앉은뱅이 둥근 상에
둘러 앉은 농부네 식구들은
흰 쌀밥 앞에 고개를 숙였다

식탁 의자에
비스듬히 걸터 앉아
기름솥 뛰쳐 나온 토막 사체의
뼈를 바르고 저눔, 저눔

소나무와 가로등

사거리 길가에
길쭉 솟은 소나무 한그루와
밥숟가락 머리에 인 가로등이
열댓자 사이를 두고 나란하다

둘이서 무보수 알바를 한다
봄꽃보다 진한 색깔로 얼룩 밴
흰바탕 현수막 높게 쳐들고선

지나는 이 하나 없는 밤에도
가로등 환하게 밝혀 가며
무보수 알바를 한다

혼잣말

차부 사거리 헝클어진 아낙
전철 칸칸을 오가는 순례자
빈 집에 계시는 울 어머니

떠밀려 발 디딘 내리막길
에스컬레이터에서 눈 맑은
아가씨가 스르륵 다가서며
말을 건넨다

하마터면 대꾸할 뻔했다

몸매 만큼이나
슬림한 청진기를
걸고 있는 그녀에게

삶은

간단치 않네

열획이나 되네

키패드 자모 자세히 살펴

순서대로 쉼없이 짜맞춰야

그제서야

제 모습을 드러내네

꼬막과 연근

오늘, 오월 초하루
노동절 아침 밥상머리

백사기 그득하니 꼬막 한 접시와
구멍 숭숭한 연근이 이웃하고 있다

벌교 개펄 속 찰진 꼬막은
동촌 비행장 먼 발치의 연근이 반갑다

너나나나 진흙 속에서 갑갑했었다고
사타리새 적셔가며 꺼내준 아주머니
아저씨 노동이 고맙다고 소곤대고 있다

귀 기울여 물끄러미 바라보다
바라보다가 귀청 떨어질 뻔 했다

격파용
기왓장

야~압,
질끈 동여 맨 머리띠들의
외마디 기합소리와 함께 수북한
적층이 한 획 손날에 무너져 내렸다

잠깐의 숨 죽인 고요 속에
예정된 환호가 휘몰아 쳤다

저런, 아무리 쇠도 돌도 아닌
아직 여물지 않은 무른 살날에
무너져 내리다니!

오월의 푸른 산중에
탁한 탄식이 메아리 친다

커다란 백 사발 이고 있는 지붕 저편

봉긋한 가마 앞마당에 가득히

재인 기와 집채가 당당하다

즐거운 오늘

나 오늘 즐겁다
등교하는 학생들로 즐겁다

나 오늘 즐겁다
열람실 가득 메운 고요로 즐겁다

나 오늘 즐겁다
버스 안 얼룩배기 개량 군복으로 즐겁다

나 오늘 즐겁다
가슴팍에 애기 매단 앳된 아빠로 즐겁다

나 오늘 즐겁다
합격 축원의 간절한 학부모로 즐겁다

나 오늘 즐겁다
출근 전철 안 가득한 객들로 즐겁다

나 오늘 즐겁다
하늘 맑은 봄날 아침이다

로드뷰

이 고샅이 맞는 거 같어

불퇴전의 화살표 배를 꾹꾹

눌러가며 조심스레 나아간다

아닌거 같기도 하구

그래, 맞아 저 전봇대!

떠나오기 이태 전 쯤

열도어살 때였을거야

비바람에 벼락치던 밤

정전이 되었지

동네형이 작대기 거머 쥐고

바께쓰만한 변압기 얹고 있던

바로 저길 올랐다가 변을 당했지

근데 별일이네

그렇게 당당하고 당산 나무보다도

대장같던 봇대가 걸친 줄 하나 없이

땅 속으로 파고들어

길 건너 신축건물 슬라브

난간에 고개 내민 늙은 개랑

서로 멍하니 쳐다보고 있네

신호등 사거리

뒤돌아 보니 더 짙어졌다
늠름한 국방색 자태로 우뚝하다
수리산을 등지고 사거리를 건넌다

내겐 피하고픈 피부노화 촉진제가
저들 산피부 나무들에겐 햅쌀같은
햇살인가 보다

오늘 지나고 내일 자정 넘어
마침내 맞이할 토요일 새벽엔
나 먼저 일어나 온통 내 것인 양
저 짙푸른 숲바다에 잠겨 보리라

보를 이긴 바위

계곡의 벼랑끝

물이 내린다

내려서 부딪쳐 부서진다

벼랑 키 만큼의 가속도로

쳐박듯 내리꽂는 물줄기 아래

심드렁 드러누운 바위를

뚫어지게 바라본다

말짱하다!

되레 닿는 곳이 불룩하다

똑, 똑,

힘없고 게으른 낙숫물은

언제나 바위를 뚫을거나

짬모텔

늘어진 듯 팽팽한 삼단 아크 아래로
기나긴 여정의 상판이 지체와 정체의
정체를 드러내고 있다
인내의 종점에 다다를 무렵
다가선 각성의 점멸을 바라본다
짬모텔!
짬내서 한 번 올라 보리라
대교 쪽 창문 활짝 열고
다릿발 아래
백호 봉돌 연날리는
서해 바다 사리 물쌀과
교각 위 숨통 막힌
상습 정체를 바라 보리라
옷일랑 죄다 벗어 내리고
하얀 베드시트 배 밑에 깔고

한 팔 꺾어 지긋하니 턱 고이곤

세상 편한 자태로 바라 보리라

이상한 뱀

허공을 가르는 철사 줄에
목 매여 이끌려 간다
길게 누운 사다리 타고 오른다
올라도 올라도 배밑 땅거죽
뱀은 날지 못한다

옆구리 틔워
더부룩한 속 게워 내고
머리인 듯 꼬리 감추며
땅 속으로 기어 든다

오월과
칠월 사이

입성은 얇아만 가고

나무 옷은 짙어져 간다

꽃잎이랑 떠내려간

애기 물길 걱정에

뒷산 지긋한 눈길은

듬성하니 어설픈 논바닥 너머

먼데 여울을 따라 흐른다

웃자란 대궁이 여물어 가고

꽃진 자리엔 좁쌀만 한

속내가 벼르고 있다

이대로
이렇게

밑창 헤진 구두
먼 발치에 벗어 놓고
자욱한 그늘 아래
팔다리 한껏 늘여 몸을 뉘운다

서늘한 바람
땀 찬 겨드랑이 파고 들고
잎새 뚫고 지나는 흰구름 더욱 희다

이대로가 좋아

옷이 걸레

여어는 변두리 1기 신도시

어설픈 여유가 숨가뿐
비켜선 중심상가 휘트니스

폼진 몸매를 위해
밴드 탄력만이 다행인
헐렁한 황색 땀옷으로 단일화된
남녀노소 없는 회원님들이 빼곡하다

제자리 걸음으로 밀 쳇바퀴는 돌고
웨이트 매단 유사 근육은
거울과 눈빛 대화를 한다

저쪽 유리벽 안

찰진, 살찐 엉덩이 뒤엉켜
소란 속에 일사불란하다

유리문 밖 카운터 앞
모여선 여인네들
진풍경이다

옷이 걸레다
옷이 날개다

고대산

저게 백마고지란 말인가
고대산에 올라 북쪽을 조망한다
너른 들 철원평야 한 켠에
무너져 내린 봉분이 희미하다
무너져 낮아진 게 아닐게다
남과 북의 산화한 청춘의 허연 인골
수북이 쌓여 저만치 평야 위로
차올랐을 게다
그 위로 저 소나무
시퍼렇게 자라났을 게다

셀카 모드

눈알 뒤집을 것까진 없이
가만히 두 눈꺼풀 내려
셀카 모드로 전환한다

노선버스 맨 뒷자리
차창끼고 올라 앉아
동영상을 돌려 본다

시공간 어울려
노선을 벗어난
사차원 파노라마
경적 속에 다가온다

주말 새벽길

선잠 깬 경추에 매인
이목구비가 모로 눕는다

거북 목 길게 빼고
빠져들 듯 응시하는 고요

산에 오르려는
짐진 자들의 선글라스는
이미 정상에 올라 앉아 있다

짐진 자들 내게로 오라
복음서 모신 경건한 무릎은
건너편 벌어진 허벅지가 버겁다

새벽 단잠 마다한

저마다의 사연을 싣고

새벽 열차는 덜컥 덜컥 달린다

망(望)

가리워져 사라지기도 하지
다가가면 뒷걸음질로
애 태운다네

수렴할 순 있겠지
이를 수 없네
이룰 수 없네

촘촘한 등고선 밟고 올라
멀리 둘러 보니
높다란 봉들 촘촘히 박힌
산맥은 사방으로 내닫고 있네

시청자 의견

없습니다
생각은 많으나
의견은 없습니다

한 때, 간단없이 뚫려 넘치던 지각은
싸늘하게 식은 두터운 석문이 되어
잠긴 지 오래랍니다

시뻘건 용암은 갖힌 속내에서
맴돌이 하고 있을 뿐입니다

바깥 세상 향한 두 렌즈
그런대로 제 성능이고
회전식 듀얼 파동 감지센서
아직은 쓸만한 데 말이죠

영생

발 아래 물이 흐른다
마른 꽃잎 하나 실려 지난다
세월의 강도 저처럼 흐를테지

웬 사내가 물 속에서
한참을 쳐다보고 있다
어른거리는 물길에 희미하다

입대 전 돌아가신 아버지인 듯,
엊그제 휴가 나온 큰 놈 같기도 하구
꽃잎 내려간 지 한참이건만
저 사내 여즉 물 속에 있네

평행선

잿빛 돌자갈 둔덕 사이로
곧게 뻗은 두 줄기 쇳가락
길게 지나 먼 산 감아 돈다

한 바닥 함께 가는 길
부딪거나 멀어지지 않고
너댓자 간격으로 길게도 여전하다

촘촘하게 가로누워
시커멓게 타들어간
침목의 침묵이 묵직하다

동거

비켜선 도심 천변 산책길
먼저 멈춰 웅크린 이들에 이끌려
시선을 같이 한다

벚나무 터널 아래 조막만 한
너구리 셋이 시선의 초점이다
너나없이 들이대는 카메라엔
관심이 없다
제 눈망울 닮은
까망 버찌 말고는

고놈들 오동통 하니 귀엽다
아직은 모르겠지
둘러선 이들의
미소 띤 입술의 붉은기가
너구리 국물일 줄은

뒤엉킨 정적

얘야, 요놈이

'강아지풀'이란다

그럼 아빠,

이게 더 크면

'개풀'되겠네

아이를 사이에 둔

젊은 부부 사이에

뒤엉킨 정적이 흐른다

바람과 구름

편치 않은 새벽꿈에서 깨어나
회미하게 다가서는 천정과
사방 벽을 바라보다가
문득,
어디지?

덜 마른 옷을 걸친 듯한 이들을
칸칸이 빼곡하니 다져 싣고
시커먼 갱도 속을 파고 드는
자정발 지하철,
차창에 비친,
누구더라?

흔적

흔적은 추적의 이정표

끝내,

가늠자와 가늠쇠가

그어댄 일직선 위에 놓인다

흔적은 추적의 내비

결국은,

호위 무사 거느리고

얼굴없는 피사체로 고개를 떨군다

화요일은 분리수거의 날,

택배 박스지 한 켠 바닥에

내다 모셔진 '세계위인전집'을

흘끔흘끔 뒤돌아 본다

발바닥이 그러네

비가 내렸나 보다
내려선 계단 아래
바닥이 촉촉하다

애향단 깃발 아래
아이들 한데 몰려 지나던
그 집 앞도 그랬다

마른 칡넝쿨 반 갈라
허리춤 질끈 동여맨 싸리비로
곱게 빗은 빗살 무니 가득한
그집 앞 길

이즈음엔
뚜껑 연 분통 같던 뽀얀 길 위에

내쇼날 뿌라스틱 물뿌리개로

은구슬 물풍선도 뿌려 놓았다고

발바닥이 전한다

노선버스

죄명이 뭘까

숫자로만 호명되고
좁다란 노선에 갇혀
탈선은 탈주와 이종사촌이라지

물기 없는
네눈박이 눈알들
눈빛만으로 지시하네
차오르는 억누른 순종이여

종점 없는 노선도에
빼곡히 박힌 징검돌들
타박타박 밟고 지난다네

맨땅에 헤딩하고 싶다

서해 먼 바다의 비구름은
지난해의 먹장기억을 머금고
다시 북동진하는 중이다

그때, 하필이면
콘크리트와 아스팔트로
메워진 도심에 추락했다
높이만큼의 중력가속도로
저들 유사 돌바닥에 부딪혔다
정신을 차려보니 하수관이었다

이번엔
잎새쿠션 살짝 덮힌
무른 맨땅에 안기듯 내려서선,

뿌리로 스며들어 푸른 잎으로
샘물로 되솟아 가신 목마름으로
원두막 곁 붉은 과육으로

맨땅에 헤딩하고 싶다

잡초

이랑도 고랑도 없이
묵혀둔 밭이 잡초 풍작이다

강아지풀 개망초 바랭이
명아주 쑥부쟁이 쇠비름
한데 엉켜 흥겨운 난장이다

골 사이 반듯하니 이랑 내어
종별로 나란하게 옮겨 심으니
대오가 당당하다

사열대 내려선 부대장님
굳어 선 사병 어깨를 툭치듯
골따라 조리개 물주둥이를
부채살로 휘저었다

부질없는 짓이었다

그곳엔

여름날, 길가 눅진해진
아스팔트 바닥에 눌러 새긴
검정 고무신 자국
남아 있겠지

큰물 끝에, 꼬옥 껴안고
퍼질러 앉아 급물살을
함께 거슬러 오르던 난간
그대로 있으려나

모래 위에 적은 대자로 누운
깜둥 강아지들 내려보며
구름배 띄워 보내던
깊푸른 하늘도 여전하려나

그곳으로 가려 하오

끝내 메우지 못한 마지막

퍼즐 한 조각 남아 있을

강물이
흐르네

휘돌아 굽이쳐 흐르는 저 강물
애초에 물길이 있진 않았다
떠나온 대양의 품을 향한 여정이었다
행로의 방위조차 정함이 없이 오직
낮은 곳을 향해 나아갈 뿐이었다
막힌 고개 마루에선 쉬어 갔다
지친 기력을 채우듯 수위를 높여
마침내 타고 넘었다
여럿의 산을 넘고 들판을 가로질렀다
때론 기력이 땅 속으로 스며들어
한동안 멈춰서야만 했다
마른 바닥 위에서 타들어 가기도 했다
가까스로 거머쥐고 있던
여정의 티켓을 놓으려는 순간
시커먼 구름이 밀려왔다

주룩주룩 흘러내리는 것이

빗물만은 아니었다

뚫린 물 길은 뒤를 잇는 새 물결이

지나면서 깊어지고 넓어져 갔다

화악산

다가 가니
화-악 안기는 산이네

이쪽으론
오줌도 누지 않겠다던
청춘의 원망이 묻힌 산

등짐진 행군 길에
코스모스 놀리듯 하늘대고
첩첩한 산들로 하늘마저 조난당한 곳

그땐
멀고 외졌던 산과 골

뜨끈한 찬밥

쌀 씻어 물 맞추면
주방 상석에 자리한 쿠쿠가
알알이 백옥같은 백미밥을 짓는다

한참 지나,
돌자갈 비탈밭 갈아엎던
세살배기 암소 콧구녕마냥
바튼 콧김을 뿜어 댄다

실은 엊그제 일이었다

열어 젖힌 뚜껑 아래엔
들어 앉아 선탠이나 한 듯한
연한 구리빛 뜨끈한 찬밥
한 움큼 웅크리고 있다